松の位置

坂本　登句集

Sakamoto Noboru

ふらんす堂

目次　句集／松の位置

句集　松の位置

Ⅰ　二〇一三年以前

二八句

ややありてレコードうたふ二月かな

花ミモザ暗き海より船もどる

名園に咲いてヂゴクノカマノフタ

ぶらんこに乗らぬ少女となりにけり

逆上がりして春愁を忘れけり

豆腐屋へ豆腐を買ひに朝桜

麦秋や生徒ばかりの身延線

珈琲の花は真つ白夏来る

囮鮎をとりと知らず泳ぎ出す

祭笛運河を魚の上り来て
青蜥蜴枯山水に出でて消ゆ
百年を生きて西日の中にをり

湖面来て色なき風となりにけり

塔よりも高く大和の稲雀

復刻の釣魚大全秋日和

昼の虫赤子ちひさく欠伸せり

油揚げ焼いて肴に西鶴忌

缶切の要らぬ缶詰鳥渡る

二つ目の信号右に紅葉川

炉語りのおうな少女の声を出す

闇汁に大きなリュックかつぎ来ぬ

また泣いてしまひし映画冬の鵙

何度でも聞きたき話日向ぼこ

仏蘭西の映画のやうに葛湯吹く

キスしたり日にかざしたり寒卵

中吊りで知りし醜聞去年今年

元旦や土鳩は胸に虹帯びて

楪や遊ばうと来しとなりの子

Ⅱ　二〇一四年〜二〇一九年

一三八句

深呼吸して夜の梅見えてくる

弔問の子らの整列梅真白

バス停まるたびに潮の香春浅し

海昏れて電車の灯る建国日

鳥を観る窓に顔ある雨水かな

職安の上に労基署梅ひらく

飯蛸に真珠のごとき墨袋

燕来る昔も今も古き町

鶏冠のしきりに動く雪解かな

駄菓子屋の赤き烏賊買ふ彼岸かな

高台に家の寄り添ふ菊根分

燕来る卍の多き町の地図

さざれ石さざれてをりぬ春の雨

巫のくすくす笑ふ木の芽かな

首塚に出くはす春の時雨かな

白椿合図のごとく流れ来る
起し絵のやうな湯の町橋おぼろ
かげろふや運河の上をモノレール

人影の折れて春夕焼の坂

あちこちで小銭をつかひ春の人

借景の山の昏れゆく木の芽和

堕天使のごとく日暮れのぶらんこに

この国のゆつくり滅ぶ畑打

式次第なき春の夜の家族葬

風光る子の言ひなりの肩車

朧夜や下駄にまつはる鉋屑

海光のほのかにさして春暖炉

先生の先生元気松の花

春鮒の釣られて草を濡らしけり

釘打てば一戸どよめく花の冷え

一本の桜の下に全社員

学校の蛇口は緩しチューリップ

深々と掛けて暮春のジャズ喫茶

臘石であほと書かれし鳥曇

花冷や水ややはらかき水枕

ご自愛の愛にじみをり花うつぎ

葉桜や銀座に主婦と生活社

小三治のやうな顔して薔薇を買ふ

雨の日はパジャマでショパン椎若葉

音たてて泰山木は花落とす

ご不浄の窓の高さに今年竹

石榴咲く嬉しくもなき誕生日

貸家ありますつばくろの子をります

波音のゆつくりとどく宿浴衣

島行きの船に劇団てんと虫

茣蓙に売る鋏包丁松涼し

雨降つてアジアの暗さ源五郎

夜遊びの手前で帰る金亀虫

非常ベル鳴つてすぐ止む守宮かな

養蜂のトラック発ちぬ朝の虹

よき声の舟唄さらふ青嵐

白玉や今も故郷に隣組
日傘さし日傘の色のまなざしに
ブータンは幸せの国ところてん

打水やみんな忘れてなつかしき

教室の窓をはみ出す青嶺かな

富士塚に富士の溶岩夕立来る

水音も風も太藺のあたりより

畳屋の茶の間の見ゆる宵祭

鳴らぬやうにして風鈴を持ち帰る

一匹となり息災の金魚かな

ありあまる雲の真下を撒水車

天井に光のあそぶ洗鯉

アコーディオン全身で弾く青嶺かな

青空を揺らしてゐたる金魚かな

金魚買ひ夜会のごとく帰り来る

うつぼかづら虫を溶かして明易し

だんだんと偉さうになる扇子かな

彫像のふぐり大きく青嶺向く

尊徳の頭叩いて夏休み

虫干しに三下り半のごときもの

でこぼこのコップ水場に独活の花

落人に始まる家系梅を干す

すててこのさつきまでゐしピンボール

捨て猫に紅きポンポンダリアかな

帰省してテレビの後ろ掃いてをり

プール出て人に会ひたくなる夕べ

アリバイのやけに微に入り砂日傘

底紅や午後はひつそり相撲部屋

風に乗りやすき讃美歌こぼれ萩

住人に四の五の言ひて生身魂

大いなる欠伸隠して秋扇

またたかぬ星がびつしり震災忌

蓮の実の飛んで国勢調査来る

長き夜や亡き人ばかり出る映画

どぶろくに酔うてさびしき唄うたふ

稲架解いて海彦のこゑ近くなる

行く雲を映して秋の水となる

秋暗きところに父の砥石かな

霧降りて土に還らぬもの濡らす

押花の色のほのかに秋の風

月光や厩舎にあまた竹箒

オルゴール鳴らして買はず霧の街

ハンガリー舞曲猿酒効いてきし

神鏡は何も映さず昼の虫

叱られてをりこほろぎの鳴いてをり

鯊釣や紺の背広もうち交じり

大股より小股が速し鰯雲

マチュピチュとつぶやいてゐる秋灯

陶片を下手投げして秋さびし

鍵の場所知つてゐるなりちちろ虫

鳥おどし音も光もごちやまぜに

ままごとの妻はおしやべり花オクラ

櫂立ててボートの帰る秋の暮

福音のやうに霧来る夜の坂

牛膝つけてさよなら言ひに来し

てきたうな焼そば旨し茸狩

ハロウィンの隊の来てゐる柿の家

杉の実に触れきて雨の日の煙

煙草吸ふ艇庫のほとり冬近し

種を採る真一文字に口むすび

それではと吹いて音出ぬひょんの笛

鳶の輪の高く大きく神迎

凩や茶房の奥の読書会

銭湯の朝から開いて石蕗の花

神留守の田に山の鳥海の鳥

喰ひ合はせ絵図の煤けて冬至かな

方位盤見て山を見て十二月

聖夜来るジングルベルに飽きる頃

朗読は星降るやうにクリスマス

百名山どれも登らぬ縕袍かな

売れぬ物ばかり並べて日短か

病室を辞すマフラーを固く巻き

鰭酒や人より唄の懐かしく

子ら帰り日向ぼっこの残りたる

空つ風母の名前のスナックに

撫で仏撫でて懐手にもどる

どこへでも行けて行かざる厚着かな

冬の海見えて校歌のやうなうた

鱒ちりやあとはおぼろと青江三奈

ラグビーの一人大泣きしてゐたる

日差しすぐ戻る百合鷗のつばさ

絨毯を丸太ん棒にして担ぐ

宝くじ誰かに当たる寒さかな

霙降りくる飯桐の実の高さ

廃校のふくら雀のよく来る木

うみどりの川のぼりくる初茜

初旅のひねもす鹿にまつはらる

Ⅲ　二〇二〇年〜二〇二一年

一五五句

日溜りを取り合ふやうに梅ひらく

そのかみの入江ここまで下萌ゆる

公魚を中村伸郎のやうに喰ふ

恋猫や都電通れば揺るる部屋

城址に立てば真下を雪解川

合格子明石の蛸を所望せり

大漁旗振つて卒業生送る

海底を門司まで歩く日永かな

蛤の砂吐く窓に星ひとつ

山よりの風まだ荒き春祭

老人に少年の友風光る

朧夜の小耳にはさむ人の恋

朝市の婆に買はされ活き栄螺

カフェにまだ先ほどの人暮遅し

海峡につちふるパナマ籍の船

春愁に葛根湯の効くことも

まだおよろしいのになどと蜆汁

重き物人に持たせて青き踏む

蓮如忌や花の匂ひの花鋏

大の字になれば雲来る苜蓿

法要に見知らぬ母子松の芯

花冷や何も捨てずに子供部屋

音で知る夜明けの近さ節子の忌

農協の帽子被つて磯開き

残り火の風に熾りて桃の花

びつしりと壁に品書き百閒忌

春の蚊やひとり暮らしにたこ焼き器

水やれば風おづおづと胡瓜苗

印房の小さきともしび若葉寒

黙読の唇うごく若葉かな

刃物研ぎ来るころ茅花流しかな

畦に肩寄せ合つてをり余り苗

昼顔は鉄条網が好きらしい

東大に狭き門あり桜の実

牛乳にパンの昼餉や燕子花

荒梅雨や炎自在に中華鍋

紫陽花や橋の袂の佃煮屋

松に降る雨うつくしき半夏生

杉の香の湯桶かこんと梅雨深む

山の水引いて人住む鴨足草

早苗饗や田の神にピザ奉る

ほんのりとジャムに引力明易き

列車発つ遠郭公の遠きまま

ここだけの話出さうな體の皮

草刈に山羊の数頭引かれきし

蛸その他残され磯の潮溜り

風薫る幸区てふ街に来て

筒鳥や重心高きぼつかの荷

後出しのじやんけん強し雲の峰

鮎焼いて兜太の国のウヰスキー

暑さうに駆込寺の前通る

ひゅるひゅると来て青蜥蜴争へる

風鈴を吊れば無口な人の来る

名を付けていとしくなりぬ竹婦人

真つ黒な玉子に噎せて雲の峰

羽蟻飛ぶ通信局に記者一人

仏壇の母から貰ふバナナかな

白シャツの父端つこに参観日

素泊まりの夕べは永し河鹿笛

弟のパジャマで寝ねて明易き

振り返るまで風鈴のやかましき

出し抜けに開き男の黒日傘

割箸を刺せばよく売れ胡瓜漬

暑きこと言ひていつもの止り木に
ががんぼのどれが脚やら腕やら
太陽がいつぱいといふ裸かな

憶ひ出すためのぼんやり花氷
風入れて昔話を新しく
羅の人に紙ひかうき飛ばす

天牛飛ぶキャンプファイアにまだ早く

水細く昏く形代流しかな

草踏めば草なまぐさき終戦日

火の国の大きな西瓜真つ二つ

へそくりのぱらりと夜のすいつちよん

どこにでも座る子どもや稲の花

ビートルズ聴いて歳とる秋暑かな

釣堀に波の立ちくる初秋かな

墓参りのあと墓じまひの話

桃啜り仮病の午後をぼんやりと

山科のあたりで昏れて白桔梗

廃屋の塩の看板葛の花

虚子選に基隆の人秋団扇

月今宵モーリタニアの蛸茹でて

亀の背の亀ずり落つる秋彼岸

かたかたと足踏みミシン野分来る

初紅葉して厠には厠神

とぐろ巻く守口漬や太閤忌

初鴨の四五羽しばらく離れずに

ざつと降り晴れきて生姜市の夜

ガラス切る音のかそけき水の秋

小鳥来る無人駅舎の切符箱

月光を浴ぶ蒲鉾の板として

牛蒡引く牛蒡の匂ひまき散らし

こほろぎや追焚きをして真夜の風呂

水澄んで祖母の話がしたくなる

スケッチを鶺鴒出たり入つたり

夕雲の切れて青空秋の草

法螺貝のしぶしぶ鳴りぬ朝の霧

面売りも面を被りて秋祭

毒茸のしづかに虫に食はれをり

ちちろ鳴く札一枚の竈神

本堂のピアノ調律秋澄めり

虫売の顔誰も覚えてをらず

月の出を京のことばで告げらるる

猿酒とか般若湯とか云うて呑む

風と来てしばし仏間に赤とんぼ

蓑虫の幸せさうで寒さうで

ついさつき鶏縊られし秋の土

空の青しきりに称へ松手入

子らの声木々が返して茸狩

棟上げの餅が飛び込む刈田かな

秋刀魚焼く一番星を煙らせて

胡桃など取り出す先生の鞄

プロレスの一行町に秋の雪

さびしげな子には教へずひよんの笛

木の実独楽機嫌だんだん直りきし

崖下に水湧く柞紅葉かな

盗つ人の宿かも知れぬ吊し柿

綿虫の去つて独りの道残る

月よりの迎へ来さうな懸大根

集金に子を連れて来し小春かな

木の股にはうきちりとり神の旅

茶の咲いて何にもしたくない日なり

シーソーに日溜り移る散紅葉

二の酉やかけ蕎麦にふる柚子七味

斬られ役斬られて映画村小春

よべに見て朝にも見て帰り花

裏山に日のうすうすと冬至粥

一本は聖樹となりて団地の木

道標に古き宿の名冬あたたか

純愛のごとく鯛焼胸に抱く

くろぐろと貨車の過ぎゆく霜夜かな

枯野来て鋸の目立てを生業に

寒さうな記念写真の女かな

焚かるるを待つ枯菊の一括り

海見えて大根干して美容院

冬ざれの母校一周して帰る

荒磯に立ち隼に見下ろさる

冬薔薇を剪る劇中劇のごとく

入船に出船に三浦大根振る

摑みどころなく鮟鱇の吊るさるる

枯野より否てふ答持ち帰る

冬の灯やモデルルームに一家族

阿修羅見て鹿と遊んで日短か

弟の持ち山にして枯木山

言の葉は未生のままに雪となる

松の位置気になつてきし雪見酒

水餅の水に生家のくらさかな

春を待つ水栽培に根がすこし

凍蝶のじつと仁王のふくらはぎ

どこからとなく日の差して冬の滝

探梅の海見えてより散り散りに

わが影の勝手に動く若菜摘

銭湯に隣るアパート嫁が君
畳屋も経師屋も松取りにけり

Ⅳ　二〇二三年〜二〇二四年

海を見て大仏を見て蕨餅

笑顔とも見ゆる哭き顔涅槃図に

暮れ際に摘んで水菜の根の真白

恋猫にずらりと自動販売機

夫亡くて声の大きな海苔掻女

にこにこと水になりゆき薄氷

啓蟄やあけぼの色の卵買ふ

本丸の松に風立つ薪能

石臼は左廻しに竹の春

黒板の今日の定食柳の芽

蝶去つてもとの暗さの通し土間

凧一つ上げて城なき城下町

海見えて弁当ひらく春の旅

蜆汁しみじみ馬齢重ねたる

朝寝して隣のショパン聴かさるる

村の湯に大魔羅小魔羅昼蛙

昼闌けて髭の濃くなる春の風邪

しやぼん玉次々飛ばし歯抜けの子

いちにちの音のはじめの落椿

牡蠣殼をにはとり突く日永かな

風船を持ちてしばらく目立ちをり

花冷の頃の葉書は濡れて来る

何も言はず座せば花守とも見ゆる

白藤や笑みを絶やさず僧の妻

出張をちよつと遊んでリラの花

炉塞やみちのくに聞く京ことば

春の虹熔接マスク地に置かれ

湯ざましは水より冷えて朝桜

旗持つて落花の中を歩く会

流れずに運河満ちくる夜の桜

持ち重りして猫の子のダンボール

職退いて夕餉の早き桜かな

純喫茶エスペランサも四月かな

初夏や頭をごつと上野駅

豆飯をよろこび祖母をよろこばす

田を植ゑて弟一つ年を取る

けふ父の日のこと誰も言ひ出さず

街角に遠き空見る沖縄忌

湖暮れて遠嶺明るき祭かな

碁会所の父を迎へに浴衣の子

虹淡くなりし屋台のりんご飴

鹿の子に若竹色の通り雨

老人の中にゐさうな網戸かな

本降りになつて風鈴鳴り出だす

噴水の尖りて街の新しき

褒め殺しされて焼酎まはり出す

跣の子吸ひつくやうに木を登る

八つ時をとつくに過ぎし箱眼鏡

建て増しの風呂から見えて夏の山

にこにこと言ふこと聞かず汗疹の子

ががんぼを払ふ夕刊ゆるく巻き

再々々々雇用されかたつむり

泣き止まぬ子を渡さるる祭かな

袋掛け降りて幼き少女なり

萍も桜田門も雨の中

熊鈴の来ては去りゆく泉かな

利き酒に酔うてアロハの御一行

古書店の電話鳴り出す夕立かな

蛇垂れて空の傾く真昼かな

広き家に小さく暮らす夏暖簾

白地着て母のところへ行くと言ふ

のびのびと曲がり訳あり胡瓜かな

七月の遺影によささうな写真

草取の土の匂ひの仏間まで

ガリガリ君がりがり喰うて土用入

松風は松の高さに海開き

向日葵と並び太平洋眺む

長生きをして羅がよく似合ふ

薬局の棚に空きある残暑かな

二人抜けすこし小さく踊の輪

やや右に傾き西瓜提げて来る

釣堀の一人蜻蛉を見てをりぬ

山の手に住んで炭坑節踊る

誘導棒振つて踊の連通す

消火器の横に冬瓜積まれあり

母よりも祖母が好きな子蓼の花

バス降りて誰にも会はぬ残暑かな

川波に水母乗り来る厄日かな

豆腐屋の喇叭寝て聞く子規忌かな

啄木鳥や薪積み昨日より高く

一輛はホームはみ出すカンナかな

掛稲の裏に隠れてお面の子

暇さうな顔が覗いて秋簾

駄菓子屋に老人の客菊日和

それぞれに湯を入れて待つ夜食かな

飯場閉づ轍と草の花残し

虫売を照らし信用金庫の灯

内職の今戸の狐秋ともし

吟行の二人が去らず崩れ簗

小上がりの四人の句会十三夜

袖触れて顔は覚えず茸山

実南天人に遅れて傘をさし

高き山無くて新酒の旨き町

筒切りの鯉の旨煮や時雨来る

小春凪手描きの地図で人訪ね

図書館でいつも会ふ人冬めける

蓮根掘る荒ぶるホースなだめては

行く年へこぼれて芋の煮ころがし

木の扉あけて聖夜のジャズ放つ

スキー客降りて喪服の人残す

白鳥を明日は見にゆく炬燵かな

仕出し屋に裏口開けて冬館

総統のごとくブーツの脚を組む

古書店に素十の色紙冬ぬくし

ぼけ封じ昨日してきし日向ぼこ

西口のぼるがの煙るみぞれかな
みぞるるやすでに寂れて新市街
ペーチカの燃えて魁夷の白き馬

大月の次は初狩眠る山

夕闇に手を差し入れて葱を抜く

黒塀の裏で猫啼く夕霧忌

かまくらに暫し憩へば所帯めく

どんど火の照らす此岸の人ばかり

老いらくの恋の噂も春芝居

上州のあれこれ読んでかるた取り

引継ぎをしてゐる守衛年新た

跋

坂本登さんは、わたしの親友である。

登さんとの交流は、二十余年になる。登さんは昭和二十六年生まれで、筆者より十一年上だが、これまでに最も多くの句座を共にし、最も多くの酒席を共にした俳人である。

知り合ったきっかけは、二〇〇七年頃だったと記憶するが、ある俳人に誘われ、すでに会合などで顔見知りであった和田耕三郎さんのＯＰＵＳの句会にゲスト参加したことだった。その後もＯＰＵＳの句会の常連となり、同人誌「ＯＰＵＳ」にも参加していた。

登さんは和歌山出身、三十三歳頃に「蘭」入会。平成十四年「ＯＰＵＳ」創刊に参加、同・編集人。令和六年には「青山《せいざん》」同人に加わっていただいている。

根っからの文学青年で、早大卒。元来、映画や演芸、音楽等もお好きなようで、知識が幅広い。また、大手石油会社に勤められ、転勤等で日本各地を飛び回っており、地域の文化や食にも詳しい。句会での捌きも、様々な知識で柔軟。酒席での話題も豊富である。酒席での談義はいつも夜中になった。

さて、登さんの俳句は「蘭」の抒情性を汲みつつ、幅広い経験、知見が盛り込まれた作風。一方で、いわば庶民的な視線で、身辺の機微を掬い、人間の細かな仕草や場面を切取る巧みさも併せ持つ。

麦秋や生徒ばかりの身延線　登
仏蘭西の映画のやうに葛湯吹く
小三治のやうな顔して薔薇を買ふ
だんだんと偉さうになる扇子かな
オルゴール鳴らして買はず霧の街
鰆ちりやあとはおぼろと青江三奈
恋猫や都電通ればる揺るる部屋
大漁旗振つて卒業生送る
仏壇の母から貰ふバナナかな
弟のパジャマで寝ねて明易き
純愛のごとく鯛焼胸に抱く
冬ざれの母校一周して帰る

跣の子吸ひつくやうに木を登る
利き酒に酔うてアロハの御一行
それぞれに湯を入れて待つ夜食かな
かまくらに暫し憩へば所帯めく

本書『松の位置』の登さんらしい句を含め、筆者好みの佳句を挙げた。
本書刊行の相談を受けた中で登さんは、句集は生涯本書一冊、などと嘯いていたが、この『松の位置』をきっかけに、俳壇でさらに飛躍、活躍され、句集を重ねられることと、筆者は確信している。

令和七年　立春

「青山《せいざん》」主宰　しなだしん

あとがき

職場句会から始まった私の句歴は五十年近くになるが、『松の位置』は恥ずかしながら私の第一句集である。

句集名は次の句から採った。

松 の 位 置 気 に な っ て き し 雪 見 酒

本句集には、二〇一四年以降「ＯＰＵＳ」他に発表した句と二〇一三年以前に詠んだ句から自選した四百句余りを収めた。

飽き性の私が今日まで句作を続けることができたのは、俳句という即興的な文芸が性分に合っていたことにもよるが、共に句座を囲む連衆に恵まれたことが大きい。「ＯＰＵＳ」句会その他多くの句会の皆さんに感謝したい。

また、「蘭」の故野澤節子、故朔多恭、和田耕三郎、「鏃」の故吉原三郎の各先生の謦咳に接することができたのも句作の励みとなった。

「ＯＰＵＳ」という発表の場を作ってくれた和田耕三郎代表にはあらためて感謝の意を表したい。

「青山」のしなだしん主宰には、掲載句の選に際してご教示、ご助言をいただいた上に身に余る跋文を賜った。衷心よりお礼申し上げる。

令和七年雨水

坂本　登

著者略歴

坂本　登（さかもと・のぼる）

1951（昭和26）年　和歌山県生まれ
1984（昭和59）年　「蘭」（野澤節子主宰）入会
1989（平成元）年　「蘭」同人
2002（平成14）年　俳句同人誌「OPUS」（和田耕三郎代表）創刊に参加
「蘭」退会

現　在　「OPUS」同人、編集人
「青山」同人　俳人協会会員

現住所　〒353-0005
埼玉県志木市幸町1-8-40-510

句集　松の位置　まつのいち

二〇二五年四月六日　初版発行

著　者——坂本　登

発行人——山岡喜美子

発行所——ふらんす堂

〒182-0002 東京都調布市仙川町一―一五―三八―二F

電　話——〇三（三三二六）九〇六一　FAX〇三（三三二六）六九一九

ホームページ　https://furansudo.com/　E-mail　info@furansudo.com

振　替——〇〇一七〇―一―一八四一七三

装　幀——君嶋真理子

印刷所——日本ハイコム㈱

製本所——㈱松　岳　社

定　価——本体二七〇〇円＋税

ISBN978-4-7814-1728-8　C0092　¥2700E